AF322474

Vente du Samedi 22 Novembre 1873.

SALLE Nº 3.

# OBJETS D'ART

## ET DE CURIOSITÉ

Sculptures — Porcelaines — Faïences

Verrerie — Vitraux — Orfévrerie

Bronzes — Objets variés

TAPISSERIES ET ÉTOFFES

EXPOSITION PUBLIQUE : Le Vendredi 21 Novembre 1873

Mᵉ CHARLES PILLET.
Commissaire-Priseur,
10, rue de la Grange-Batelière.

M. CHARLES MANNHEIM
Expert
7, rue Saint-Georges.

# CATALOGUE

D'UNE BELLE RÉUNION

# D'OBJETS D'ART

## ET DE CURIOSITÉ

*Sculptures en marbre, en bois, en ivoire et en terre cuite ;*

*Porcelaines d'Allemagne et italiennes ; Groupes en biscuit de Sèvres ;*

*Faïences italiennes ; Verrerie de Venise ; Vitraux ;*

*Orfèvrerie ; Bijoux ; Miniatures ; Bronzes d'art et d'ameublement ;*

*Pendules Louis XVI ; Objets variés.*

## TAPISSERIES ET ÉTOFFES

DONT LA VENTE AURA LIEU

## HOTEL DROUOT, SALLE Nº 3,

### Le Samedi 22 Novembre 1873

A DEUX HEURES

⁓⁓⁓

Par le ministère de Mᵉ CHARLES PILLET, Commissaire-Priseur,
10, rue de la Grange-Batelière,

Assisté de M. CHARLES MANNHEIM, Expert, 7, rue Saint-Georges,

*Chez lesquels se trouve le présent Catalogue.*

⁓⁓⁓

**EXPOSITION PUBLIQUE :** *Le Vendredi 21 Novembre 1873*
DE UNE HEURE A CINQ HEURES.

# CONDITIONS DE LA VENTE

Elle sera faite au comptant.

Les acquéreurs payeront, en sus des adjudications, *cinq pour cent* applicables aux frais.

L'exposition mettant le public à même de se rendre compte de l'état des objets, il ne sera admis aucune réclamation une fois l'adjudication prononcée.

Paris. — Imprimerie PILLET fils aîné, 5, rue des Grands-Augustins.

# DÉSIGNATION DES OBJETS

## SCULPTURES

1 — Marbre blanc. — Jolie figure d'Amour nu, couché et endormi. Beau travail du xvii<sup>e</sup> siècle.

2 — Terre cuite peinte. — Deux petites têtes de chérubins. Travail italien.

3 — Ivoire. — Haut-relief représentant l'Adoration des rois Mages. Dans un cadre à moulures en bois noir avec bandes d'or gravé. xvii<sup>e</sup> siècle.

4 — Ivoire. — Groupe composé de quatre figures et représentant le sujet de l'Annonciation. Sur socle enrichi de rinceaux exécutés en corail, en nacre et en argent. xvii<sup>e</sup> siècle.

5 — Ivoire. — Râpe à tabac sculptée sur ses deux faces et représentant diverses scènes tirées de l'Histoire de saint Jean Népomucène. Elle porte un double écusson armorié. xvii<sup>e</sup> siècle.

6 — Ivoire. — Statuette de vierge debout sur socle en bois
noir.

7 — Ivoire. — Petit groupe en haut-relief et sans fond,
représentant la Vierge et l'enfant Jésus. xvii<sup>e</sup> siècle.

8 — Ivoire. — Trois bas-reliefs dont deux représentent
des bustes de femmes de la maison d'Autriche.

9 — Ivoire et coquille. — Trois bas-reliefs dont deux en
ivoire et un gravé sur coquille.

10 — Ivoire — Deux éventails, l'un d'eux de travail chinois, l'autre avec feuille moderne.

11 — Nacre. — Deux éventails Louis XV avec feuilles modernes.

12 — Terre cuite. — Figurine de pêcheur debout.

13 — Terre cuite. — Grand groupe de quatre figures représentant la Charité. Travail italien du xvi<sup>e</sup> siècle.

14 — Bois. — Trois petits groupes représentant des sujets
ayant trait à la scène de l'Adoration des Mages. Ces
groupes sont rehaussés de couleurs et d'or.

15 — Bois. — Vase à couvercle en bois des îles tourné et
repercé à jour.

16 — Terre cuite. — Haut-relief représentant la Vierge entourée de saintes femmes. Cadre en bois noir.

17 — Marbre blanc. — Bas-relief représentant des jeux de tritons et de naïades. xvii* siècle.

18 — Marbre blanc. — Trois pièces : figure d'Amour couché sur un dauphin, buste d'empereur romain et Napoléon I** en bas-relief.

19 — Plâtre. — Joli petit buste de jeune fille d'après Houdon.

20 — Bois de chêne. — La Vierge debout tenant l'enfant Jésus.

21 — Bois. — Buste de prophète en haut-relief. xvi* siècle.


## FAIENCES

22 — Fabrique de Lucia della Robbia. — Joli médaillon représentant le buste de saint Jean en haut-relief émaillé blanc, entouré d'une couronne de fruits émaillés en couleurs.

23 — Fabrique d'Urbino. — Coupe ronde repoussée à bossages et décorée d'ornements sur fonds variés. Au centre est une figure de guerrier debout.

24 — Fabrique de Castel Durante. — Petit pot de pharmacie à anse et goulot, décoré d'ornements.

25 — Fabrique de Castelli. —Deux plaques rectangulaires ; l'une représente Jésus guérissant, et l'autre une scène de tritons et de naïades.

26 — Même fabrique. — Six plaques de formes et de décors variés. Elles seront vendues par deux.

27 — Même fabrique. — Deux petites assiettes représentant la Crèche et la Fuite en Égypte.

28 — Même fabrique. —Plat rond à sujet d'intérieur dans le style de Palamèdes.

29 — Même fabrique. — Coupe ronde sur piédouche décoré d'un sujet tiré de l'histoire romaine.

30 — Même fabrique. — Petit plat rond décoré d'un paysage.

31 — Même fabrique. — Tasse et soucoupe décorée de figures et d'animaux.

32-35 — Huit bénitiers en faïence. Ce lot sera divisé.

36 — Belle cruche en grès de Flandre, émaillée brun et offrant des figures en relief. Elle porte la date de 1581.

# PORCELAINES

37 — Deux jolies figures équestres en biscuit de Sèvres :
Louis XII et Henri IV.

38 — Deux grandes figures en biscuit de Sèvres représentant Jeanne d'Arc et Bayard. — Haut., 50 cent.

39 — Petite statuette en biscuit de Sèvres connue sous le
nom du : Garde à vous.

40 — Petit groupe de deux figurines d'enfants musiciens
sur socle à volutes, en ancienne porcelaine de Frankenthal portant la marque P. H. en creux.

41 — Figurine d'enfant tenant une buire en porcelaine
d'Allemagne.

42 — Petit vase de forme ovoïde en vieux Sèvres émaillé
gros bleu. Il contient un bouquet de fleurs exécuté en
biscuit. Le pied est en bronze.

43 — Deux figurines : Enfant flûteur en porcelaine de
Frankenthal et petit forgeron en porcelaine de Mayence.

44 — Deux statuettes en porcelaine de Naples : Joueur de
violon et personnage debout.

45 — Deux statuettes et un petit buste en ancienne porcelaine blanche de Capo di Monte.

46 — Groupe en porcelaine de Saxe : quatre enfants dansant autour d'un arbre.

47 — Figurine de Turc en porcelaine de Saxe.

48 — Deux groupes en biscuit : Vénus et l'Amour et Apollon et Vénus.

49 — Petit groupe en biscuit : Amour sur un char traîné par deux colombes.

50 — Trois statuettes en biscuit : Vénus, Pallas et Apollon; deux sont en biscuit de Madrid.

51 — Groupe en biscuit de Sèvres : l'Amour et le Temps.

52 — Groupe en porcelaine blanche de Naples : Vénus et l'Amour.

53-55 — Quinze petites statuettes et bustes en biscuit de porcelaine. Ce lot sera divisé.

56 — Deux médaillons en biscuit de Wedgwood à figures blanches sur fond bleu et montés dans des cadres en marbre.

57 — Grand groupe en biscuit représentant le Jugement de Paris.

58 — Potiche à couvercle en ancienne porcelaine de Chine
décorée de fleurs et d'ornements.

59 — Grande théière en terre de Boccaro à ornements
découpés.

60 — Groupe en biscuit représentant saint Georges terras-
sant le dragon.

61 — Deux vases portant le nom : *Ramolino*, à rosaces en
relief sur fond vert.

62 — Cabaret en porcelaine de Saxe à sujet de personnages. Il se compose de quatre tasses et trois grandes
pièces.

63 — Cabaret en porcelaine de Saxe à bord bleu imbriqué
d'or. Il se compose de deux tasses, un plateau ovale et
quatre grandes pièces.

64 — Pot à eau et cuvette en porcelaine dure décorés de
fleurs et d'ornements. Époque Louis XVI.

65 — Lot de médaillons et autres pièces en biscuit de
Wedgwood.

66 — Deux jolies tasses en vieux Saxe à sujets Watteau et
bords à imbrications violacées.

# VERRERIE

67 — Petite coupe en verre de Venise à trois lobes et filets saillants avec bord émaillé bleu.

68 — Verre de Venise à coupe émaillée violet et pied incolore.

69 — Grand verre allemand à ouverture large, gravé à figures, fleurs et inscriptions et portant des traces de dorure.

70 — Grand verre allemand incolore gravé à figures sur fond quadrillé.

71 — Trois petits verres de Venise dont un à pied orné d'ornements émaillés bleu.

72 — Deux verres et trois flacons en verre émaillé à fleurs. Travail allemand.

73 — Trois pièces : buire en verre agate, autre en verre chevronné d'émail blanc et verre incomplet à triple conduit.

74 — Deux tasses trembleuses en verre opaque décorées de fleurs et deux coupes filigranées d'émail bleu et blanc.

75 — Trois pièces : flambeau et petit vase en verre blanc
opaque et petit vase en verre imitant le jaspe rouge.

76 — Bassin rond en verre de Venise filigrané d'émail
blanc en spirale.

77 — Deux coupes rondes sur piédouche en verre incolore
à filets d'émail bleu.

78 — Deux plateaux ronds en deux dimensions sur piédouche en verre incolore à ornements émaillés blanc en
relief.

79 — Petite coupe ronde en verre incolore décorée d'un
cerf et d'ornements émaillés en couleurs.

80 — Deux petites coupes rondes, l'une en verre incolore,
l'autre en verre jaunâtre.

81 — Trois assiettes rondes en verre incolore gravées à
armoiries.

82 — Plateau ovale à contours en verre gravé et offrant
au centre un médaillon à sujet de chasse doré sur fond
rouge.

83 — Buire moderne en verre filigrané d'émail blanc.

84 — Grand verre à couvercle en verre vert sur pied en
argent doré.

# VITRAUX

**85-88** — Onze vitraux des XVIᵉ et XVIIᵉ siècles à décor
d'armoiries, figures, etc., et de dimensions variées.

**89** — Deux vitraux modernes à sujets religieux.

# BIJOUX ET MINIATURES

**90** — Miniature carrée sur ivoire représentant la Vierge et
l'enfant Jésus; deux anges agenouillés présentent des
fruits à ce dernier.

**91** — Peinture sur émail représentant un sujet de bac-
chanale.

**92** — Deux pièces : 1º médaillon ovale peint sur émail et représentant des fleurs, des rinceaux et un oiseau sur
fond blanc; 2º médaillon en porcelaine représentant un
buste d'homme en relief.

**93** — Divinité accroupie en jade gris. Travail chinois.

**94** — Figurine en pierre de lard, Confucius assis.

95 — Tabatière en forme de cornemuse en caillou d'Égypte
montée en or et enrichie de diamants.

96 — Coquille peinte en couleurs à l'intérieur et représentant la mort de Darius.

97 — Vase de forme ovoïde à deux anses prises dans la
masse en jaspe agate rougeâtre, sur socle en porphyre
rouge oriental.

98 — Deux petites glaces avec encadrements gravés.

99 — Grande croix avec Christ rapporté en argent, sur
socle triangulaire également en argent ciselé et bas-
reliefs dorés. Époque Louis XIV.

100 — Deux plats ronds en argent repoussé ; ils offrent des
figures mythologiques au centre et des fleurs et des
fruits au bord.

101 — Grande boîte ou tabatière oblongue en porcelaine
d'Allemagne décorée de fleurs.

102 — Trois porte-tasses en filigrane d'argent. Travail
oriental.

103 — Joli petit service à thé en argent gravé à ornements et guirlandes ; il se compose de la théière, un su-
crier, un pot à crème, une boîte à thé, deux plateaux et
deux cuillers. Le tout est contenu dans un étui en cuir
de Russie avec enveloppe en peau. Partie des pièces est
de travail anglais et partie de travail français.

# BRONZES ET DIVERS

104 — Jolie petite pendule en bronze doré et ciselé, modèle rocaille, à branchages garnis de fleurs de porcelaine et enrichie de deux statuettes en ancienne porcelaine d'Allemagne représentant des figures allégoriques aux sciences.

105 — Deux statuettes : Bacchus et Apollon; bronzes florentins du XVI$^e$ siècle.

106 — Petite figure de vache en bronze sur socle en bois.

107 — Quatre petites cloches portant les armes des Médicis en relief.

108 — Petit groupe de deux figures en bronze sur socle en bois et bronze.

109 — Figurine en bronze : Gladiateur blessé.

110 — Écritoire en bronze formée de deux figurines de sauvages.

111 — Figurine d'ange, et deux ours assis en bronze doré. XVII$^e$ siècle.

112 — Deux bassins en cuivre gravé. Travail persan. L'un d'eux est très-fin.

113 — Deux petites coupes de même travail. L'une d'elles
porte des inscriptions incrustées en argent.

114 — Bas-relief en bronze représentant la Vierge, l'enfant Jésus et saint Jean. XVIᵉ siècle.

115 — Deux bas-reliefs en étain à sujets d'après Raphaël,
dans un étui en maroquin portant des armes papales.

116 — Bas-relief et deux plaquettes en bronze, représentant la Flagellation, la Résurrection, Hercule et le lion
de Némée.

117 — Lot de figurines, bustes, sonnette, etc., qui seront
vendus par lots.

118 — Petit groupe en bronze oxydé, d'après Germain Pilon, sur socle en onyx d'Algérie. Travail moderne.

119 — Six bas-reliefs sans fond, en bronze du temps de
l'Empire.

120 — Deux figures en bronze doré : Euterpe et Muse.

121 — Pendule Louis XVI en bronze ciselé et doré, en
forme de vase, enrichie de deux figures : Vénus et
Amour.

122 — Deux petits chenets de même style à vase et guirlandes de fleurs.

123 — Petite pendule du temps de Louis XVI en bronze
doré et marbre blanc.

124 — Deux statuettes de guerriers en bronze doré au mat,
sur socles.

125 — Deux chenets Louis XVI, en bronze, à vases et ga-
leries.

126 — Deux grands chenets italiens en bronze, à ornements ciselés. Époque Louis XIII.

127 — Bassin arabe à anse mobile, en cuivre gravé, à
inscriptions et ornements.

128 — Socle en bronze doré, orné de médaillons peints sur
porcelaine.

129 — Bras Louis XVI, en bronze, à deux lumières.

130 — Petite pendule allemande, de forme carrée, en
cuivre.

131 — Écusson armorié en fer forgé. xvie siècle.

132 — Coffret de forme rectangulaire, en fer gravé. à figures, ornements et inscriptions. xvie siècle.

133-135 — Lot d'armes, telles que : arbalète incrustée
d'ivoire gravé ; masses d'armes, dague, etc. Ce lot sera
divisé.

136 — Buire en cuivre repoussé à côtes. Travail turc.

137 — Deux buires en porcelaine, avec montures rocaille
en bronze.

138 — Deux chaises italiennes en bois noir incrustées
d'ivoire gravé.

139 — Statuette d'Amour debout, en bronze. XVIᵉ siècle.

## TAPISSERIES ET ÉTOFFES

140 — Suite de quatre grandes tapisseries de Flandre, représentant l'histoire de la reine Artémise et du roi
Mausole :

    1° La Reine concertant la construction du mausolée ;
    2° La mort d'Artémise ;
    3° Panneau moyen représentant le Mariage de Mau-
        sole et d'Artémise ;
    4° Scène de la vie conjugale.

141 — Tapisserie à sujet Louis XV : le Baiser rendu. La
bordure se compose de rinceaux et de feuilles sur fond
violacé.

142 — Très-grande tapisserie à sujet de personnages et riche bordure à trophées d'armes et fleurs.

143 — Deux tapisseries *verdure*. Elles seront vendues séparément.

144 — Joli lambrequin en satin blanc brodé, à fleurs et à ornements. Époque Louis XV.

145 — Beau couvre-lit en satin blanc, à ornements brodés en soie jaunâtre.

146 — Couvre-lit en soie jaune, brodé à fleurs et ornements.

147 — Couvre-lit en étoffe de soie bleue brochée, à ornements et à fleurs.

148 — Couvre-lit à ornements de soie jaune brodés sur fond violet.

149-152 — Cinq couvre-lits en toile, brodés à ornements et fleurs. Ils seront vendus séparément.

RED. :

20

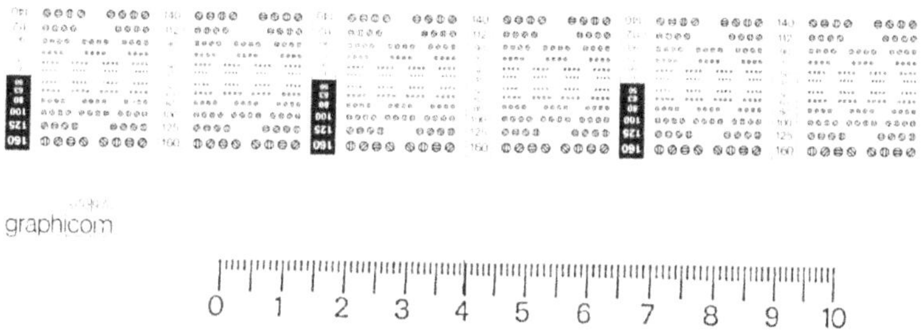

# BIBLIOTHEQUE NATIONALE DE FRANCE

****

# CHATEAU DE SABLE

1995